霊体の蝶　吉田隼人

霊体の蝶　目次

知らずや人は、裸《はだか》のまゝ飛びゆきて審判《さばき》をうくる靈體の蝶を造らんとて生れいでし蟲なることを
汝等は羽ある蟲の完《まつた》からず、這ふ蟲の未だ成り終らざるものに似たるに、汝等の精神《たましひ》何すれぞ高く浮び出づるや

ダンテ『神曲』浄火篇第十曲（山川丙三郎訳）

内心の春

寂滅《ほろび》とはこころのすがた朝つゆは穹《そら》をやどしてきらめきやまず

汐かぜに水沫《みなわ》なしつつ春ゆるるこころの空は花ぞ舞ひける

澄みてなほざわめきやまぬ胸池《むないけ》の央《なから》に蓮華燃えてゐたるも

水面《みのも》にも月はうすべに生きのびてさびしき胸に舟あそびせむ

韻文に殉ぜむと希《こひねが》ひしも水無月までのこころのゆらぎ

髪に蝶、 したしきはみな死者となり春めぐりこむ翅ひらめかせ

春の日の影として佇ちもの言はぬ牝馬にあはれ花びらながれ

のちのこころの

うしなひし身としおもほゆすがりきてみどりにかすむ草かげろふの

みなそこに亀ひた眠る　なつのひのとどかぬ藍のやみにいだかれ

ゆめうつつばかりの夏か黄のてふの飛びきたるにも身を処しかねつ

ひたに身を持するばかりのそんざいの闇にかうべを垂れて飛ぶ鷺

ひとの身をかなしみてけいけいと鳴く守宮《やもり》とほくて今宵寝ぬるも

かなしみを玻璃器のあをに染めあげて夜も明けぎはにからす降りきぬ

つかのまの雨　ひとの身とうまれては汚辱のときも神な恃《たの》みそ

たとふれば雁のそら音のあまつかぜ身をほろぼしてのちのこころの

うちそとのかなしみのごと風すさび身熱《しんねつ》はただ吹かるるばかり

瞑想録《レ・メディタシオン》

呼気もろともに吸へばゆふやみ　鳥は樹に花はあらしに還してねむる

吸ふごとにひうひうと鳴る喉をもつ一羽となりて夢のうき橋

気管支に花咲きて花散りやまずあかとき炎えて炎ゆる軀は
死もかくもかろくしづけく来たりなば凍蝶ひとつ収めて虚空

あはれ死をもてあそびまた軽んじき穹《そら》のほか見ぬ少年の眼に

霊魂《プシケエ》と称ばれてあをき鱗粉の蝶ただよへり世界の涯の

聖テレサ読みてむかへし暁に予報の聞こゆ　巴里は快晴

それを疲労とひとは呼ばむか過去《こしかた》にむかひて墜つる雨と躑躅と

神の自瀆とおもへば暗き花冷えに雨ふりにつつ学を卒へる日

春雨のひかりほそきをほぎうたに偽ディオニシウス天使位階論

とつぷりと思惟《しゆい》みのりて無花果のしたたるごとき夕茜なる

堀辰雄全集いろのゆふぞらにゆき遇ひてのちまなこ昏しも

うたを憎まば咲きにほふ藤　うたびとを憎まばあかねさす紫野

全休符

アルフレート・シュニトケ「レクヰエム」に寄せて

しゆにとけの鎮魂曲もあをじろきほのほとなりて立つ夢枕

灯もひとつともしておきぬ　たましひのあくがれいづる夜《よ》と知りしかば

人びとのたれもはつかにすきとほりつつねむるらむ　みづのこほる音《ね》

怒りの日　そはかなしみに消つつまたかりそめに咲く雷《らい》のごとしも

ひえ　びえ　と　とり啼きてありさんぐわつにおくれて花のかへりこむまで

こころあらば焰よりなほもえてあれこよひふる霜かくしろくして

れくゐえむ　ながれよどみてさよふけてやよひのはるのゆきにほふのみ

アンチ・ノスタルジア

鳶いろのひとみに風を捉へつつ葬列おくる稲穂のまちに

死者ひとり乗せし重みに風のなか凧《カイト》の糸をたぐりかねゐつ

たましひも暮色とあらば秋空のあをと茜のあひにぞ棲まふ

鐘楼をからすは発てり荘厳《しやうごん》の入陽の秋を眼にやどしつつ

憎院はゆふひに紅く燃えにつつ身投げをゆるす高さもて立つ

美といふを信じゐし日の後遺症めいて夕陽のいつしゆんの緋《あか》

胡蝶ともまがふ黒もて洗ひ髪さらせば冥府さは遠からじ

かうもりはたれの魂魄　月もなき夜長の海をかすめ飛びゆく

むらくもの吹きながされて孤りなる月の凍死をいたみて眠る

狼の骨の曠野《あらの》に燃ゆるときおほかみの霊あをく爆ぜたり

渋柿のあかさに潰れ猫ひとつ轢死してあり息しろき朝

ひさかたの玻璃の伽藍のもろさもて恋ひわたるべき霜月のあめ

漆黒の冬のうみかぜ吹きすぎて尾羽を冷やすとほき鳥影

生れざりし姉の影かく寒さうに高き架橋にゆるるを見あぐ

眸《まみ》くろき未生の姉へ旅客なき冬の甲板より手を振りぬ

橋あらばまた彼岸あることわりの姉なき身にも沁む湖《うみ》のうへ

雪華にも蘂《しべ》はあらむかわが眼には映ぜぬ鱗《りん》翅《し》目《もく》やすらひて

みづうみに冬のみづどり降りたちて虚構の姉に逢ふ橋のうへ

ありもせぬ姉を墓石に刻みつけ長子家郷の雪に濡れゐつ

霊魂《プシケエ》は蝶といひまた鳥といふ天の鱗のゆきの剝落

橋上に蒼白の蝶　ふるさとは湖《うみ》のみなもに波濤凍てたり

かなしみを湛へて湖《うみ》の凍てたれば蝶も飛びせぬ煙霧となりぬ

あをき雪、こんじきの雪　生まれいづる悔恨しるく髪にふりしく

二十歳《はたち》より先は晩年

咳き込めばまなうらに咲く花ありて世の涯《はたて》まで風に吹かるる

ひるひなか臭ひたつ川　あをさぎのうを食《は》みて居りこころのよそに

みだれたる脈のなかぞら季ちがひの渡りの雁も飛ぶと医師言ふ

あきさめや鴉の羽色むらさきにあぶらの照れば身は冷えゆくも

はたちより先は晩年　身を綺語にやつしてけふの霧雨ぞふる

マラルメの詩篇の窓もうちふるひ雷雨やうやう過ぎゆくけはひ

いかな神いかな死後をも信じえで可憐の花を宇宙《こすもす》と呼ぶ

穢土に春

風ぬるみ戦《そよ》ぎてやまぬ黒髪の森にさまよふ春告げびとは

生きて在る罪をおもへば山桜うすくれなゐに黙《もだ》してばかり

双頭の蛇しとしとと濡れゐたりいづれ来む死もめぐみと看れば

巫《ふ》にあらぬ身を悔いつつも薔薇を嗅ぐ死ぬる権利にいひおよぶとき

縊死せむによき太さもて枝《え》をのばす花の樹のもと月かげあかし

闇のなか木の芽はにほふ絶望をふと口にするほどの稚《わか》さの

闇とひかりのあはひに青きありあけの月は透きつつ何をか看取る

今生を梅のにほひに籠められてうた詠みこそはかなしかりけれ

生くるとは永劫《とは》に寂寥れうれうと風過ぎゆきて暮れのこる海

青の時代

あぢさゐは毒のしあんに色づきて身のおきどなき世にさきまさる

詩も文もなさで紫紺の花ひらくなづき腐れる梅雨とおもへば

梟の飛びたたむ刻《とき》めざめたり約をやぶりし悔いのさなかに

蜥蜴の尾あをくきらめくきざしくる生への意志は信じがたくも

結晶嗜癖《クリスタロフィリア》

街みなの眠るしじまに瑠璃の鰐おそひくるべし夏至の夜明けて

こひねがひやまざりし死がふととほく盛夏、花みな白紙とて咲く

湯をつかふ　ほぐれゆく身に観想《ておりあ》のこころ冴えつつ灯のほのあかき

しぐるるは顔か背中か知らずして神もゆきかふ秋の宵かな

永遠なるものの影

私はプロチノスの時は永遠なるものの影であると云った語に深い意味を見出さざるを得ない。自己自身の中に不満を抱くもののみ、時を見る、自己自身に於て満足するものの中には時はない、その物は永遠である。

（西田幾多郎「直観と意志」）

冴えかへる月のかげともあらそひて玻璃窓に冬にほひやまずも

梅にほふ北にこころを残しつつ生くるはひたにかなしむことか

亡命者亡者と化しぬ白鷺のわたるあてどもなき世のはてに
あを鷺の一羽あやめてしづかなる樹下の祠とおもふ春宵

Spiegel im Spiegel　呼気うすき花のさかりをいかで生くべき
たましひの庭に花びら散りぬるを月の下びの桜のうれひ

ともしびのゆらぎのこころ安からずこの世のよその風に吹き消《け》ぬ

はきものを脱ぐとき硫黄にほひたちエムペドクレスの鼻も撲《う》たずや

死のほかは救ひあらじと希臘《ぎりしあ》びと唄ひき春の陽のもとの劇

みなそこにみなもはかげをなげかけてながるる時は永遠の影

哲学は我々の自己の自己矛盾の事実より始まるのである。哲学の動機は「驚き」ではなくして深い人生の悲哀でなければならない。
（西田幾多郎「場所の自己限定としての意識作用」）

哲学《ひろそひ》はまづかなしみに萌《きざ》せるとおもひのかぎり花を風うつ

希臘の空ほどあをき尾ばかりを眼に灼きつけて蜥蜴去りにき

Self-Destruct System

秋はまづながるる脂　蜉《ふい》蝣《う》目《もく》あまた死したるのちの川面の

朱鷺いろに山のはの雲そめつつも生くべきならで咲くべきか火は

こころ弱りてあればあさつゆ晩秋《おそあき》の身のうちそとにかがよふばかり

存在は秋ひりひりとおもふもの雲と消えたき身をたづさへて

求めても得られぬほろび　虚無の身を打てば風雨のするどかるべし

存在は花と咲きつつ愁《うれひ》とふ字に流れゐる季《とき》をこそおもへ

秋の陽をとぐろして浴びもみぢよりくれなゐしるき蝮みだらに
さむき世とたれか云ひけむ窖《あなぐら》にあをき舌のみのぞかす蛇は

父母未生《ぶもみしやう》以前に花と開きけむたましひあまた焚きあげて暮る

ふるさとは胸内《むなぬち》にしてとほければ川面に星をうかべてねむる

すきとほるしじまに倦みてしじまよりしづけきおとに霜ふる夜を

かがやける勲《いさを》はくろき川のもに　身をほろぼして鵜をよばむ火に

ことばとはほろびのきざしきりぎしにうみとそらとのいづれ紺青

喪失《うしなひ》をうしなひてのちみをつくし風は吹くらむ海のおもてを

身の奥処《おくが》うみのにほひを宿しつつ降りてやまざる雪ぞあかるき

みづの道みづの速度をもてあゆむゆくへもしれぬみづの駅まで

ふみもみず日は過ぐ　あをき月魄《つきしろ》のひかりやどせるばかりの函に
みづからを否むこころの底冷えのけさ霜おりて褐色の草

怒りとは雪にまむかひなほしろき椿のひらきそむるはやさの

髪にさすあぶらの壜のとりどりの色して霊もやすらふかげか

けさ夢にみしつぼみかも廃園に季をたがへつついちりんの咲く
生きのびてさびしき花か　雪のころあをき翳りをなほふかくして

はなたばをたまへすがしき死をたまへ憂きしもつきの宵のながきに
とほき日の死にぞ飾らむひとくきの蒼白の花たをりてきたる

されど生きのびたるものの貌をして死までの日々は祝ふほかなき

つねに死後　てふの翅うつひさめにも喪失《うしなひ》ははや痕のこしあり

愛恋はてふときざしててふと去るほどろに雪のふる夜も朝も

蓮《はちす》いちりんみちたりて燃ゆ生き死にの条理のよそに浮かむかにみえ

欺かれいま鴉の身いづくにも異教の神をしたひ飛びゆく

病むひとの神とむきあふ貌いづれ隹《ふるとり》に似てするどかりしを

在るかぎり苦痛負はむをさだめとて熱おびし身は風のさなかに
身の熱にうかされ思惟《しゆい》はるかなれ雪もみぞれに変じゆく夜半

あかつきの音《ね》にきくひさめ夢のうちに伽藍おこりてくづるるまでの

univocitas entis

「在ることは神と人とにおなじ声」書を閉づるとき伽藍かたぶく

在りて在るかなしみあをき雪とふる身めぐりの音みな消ゆるころ

壊れやすきむくろをうたのうつはとぞおもひなしつつ雪華くづるる

たましひの鬱蒼として薔薇窓を失くせしごときこころの伽藍

伽藍なすこころの裡にたれか住む　肺病めば室ひとつ埋まるらむ

火焔なす石の聖堂たましひを削りて為ればこころの庭に

首府に雪　無益《むやく》なる身を世のすみに置きかねつつも罰のまばゆさ

霊は不死　あはあはと雪　りうりやうと笛鳴れど吹く人影もなき

楽の音《ね》はこほりて伽藍なすといふ身のいづくかに雪のふるころ

たまきはる　たましひに春　めぐりこむいづれの季《とき》も風はげしくて

にくたいの不如意をこえてひがしかぜ神ならぬ手の額《ぬか》にふれつつ

薔薇嗅げば眼も薔薇と咲くゆふやみに袖はぬれつつ無をつつみあり

瞑《めつむ》れば薔薇いろのやみ刑苦とは身をたもちつつうしなふことか

冬薔薇《ふゆさうび》　身をはかなしとおもひなしたたかはずして敗けて生れし

やまぶきのしみづ

（泉下のひとへ。）

もはやなくいまだあらぬを神として夢にまで花恋ふる季《とき》はも

身をえうなしとおもへばかすむ梅が香のひやびやと星までとどく見ゆ

いのち更《か》ふる季《とき》ぞきざせる花のころこころ荒みてしづけからぬを

しだるるは花かこころかえ知らぬを真昼の夢にゐふばかりなる

つみとがは生きてあることあかねさす弥生さんぐわつ雨たばしりて

春眠は生前の死か　たましひにときは刻まれ花咲きやまず

くちびるのごとひびわれて心臓にいのちざわざわ痛みつづくるも
生きのびて生くるこころもわすれつつ花をよろこび花にかなしむ

目になれてあをき闇夜にさえかへる眠剤ほども白き花冷え

夜寒の蛾ひとひら翅のうすくして夭死者よりもひかり負ふ身か

死にしひと夢に出できていくたびもいくたびも死になほす　覚めてなほ

おもかげは薄れすべては亡きひとに似つつ来るらしみみづく飛びて

亡きひととゆめの逢瀬に身をひたし目ざめてもなほせせらぎの鳴る

こころみだるる陽気のさなか希死の蝶うかみつ消えつ花にただよふ

はなくたし　こひわづらひしとほきひのあらむなからむ宵にまぎれぬ

雨霧《あまぎ》らふ別れのけしき群青の刻《とき》にあらねば逢ひみてののち

かのをみなはかなくなりてのちなるをみな花となし逢ひたし　せつに
地のゆらぎ　たまゆら訪ひしたましひのもはやあらずてことの葉ばかり

つゆのまのひとよといひて隠れにしひとのひと夜の髪みだれゐき

かはらけの白をおもひぬうせにける春のおもざしきよく明《あか》くて

（叙景歌はなべて旅中鎮魂の作に発するともいふ。）

たびゆけばたびぢに魂《たま》をおきてきぬさびしきぬぎぬ君は知らじな

（高市皇子、黄泉を和語に移して、
山吹の立ちよそひたる山清水汲みに行かめど道の知らなく
とぞうたひける。）

棄つべきはみなすてきつやまぶきのしみづをこえてひと恋ふなゆめ

たまのをのもゆらに鳴りてしづまりしこころにぞなほもゆる火のたま

建築の寓意

あやふげに頁を切れば刃にさしてしらじら明けのマラルメの虚無

頓服に渇くばかりのたましひの廃墟を訪はば星ひとつなく

時さへも停《とどま》りがちの薔薇いろの闇にうかみてきゆる死の日は

ふかくれなゐの腹みせて藻のまに消ゆるゐもりのいのち致死の毒もつ

肺ふたつ葉をひろげをり立ち枯るるあぢさゐよりも暗き歓喜に
郷愁も死病のうちにかぞふれば雪ふきやまぬはるけき荒野

Les dieux ne connaissent point la beauté de la mort. (Albert Samain)

「神々は死の美を知らず」まみ伏して過ぐれば赤しみのもの月は

勝ち逃げの自殺

ねむるほかなき日々なれどねむられずうづきつめたき雨音ばかり

世のをはり日記を繰れば無為とのみ書かれてあとは素白のまもり

うたになき花ばかり咲き誇る春おごりの記憶とほく絶えつつ

蜜たたへかをらぬ花の咲きてありちかづくことも希死と知ればこそ

Victorieusement fui le suicide beau… (Mallarmé)

勝ち逃げの自殺といへりうたびとは暮るる夕陽のその荘厳を

駒よいななけ

目覚めとは断念の謂《いひ》　春の雪ふりつむさなか駒よいななけ

死をえらぶ　えらばれて死は短夜の螢のごとく光りはじめぬ

天使の知性とひとの知性は明確に区別されつつ萱草にほふ

うたびとの墓

胸郭のうちにも月ぞ昇りゐむふるき仏蘭西の雑誌よむころ

闇に眼はいよいよ冴えて宙空に息詰まるほど花のまぼろし

かげろふのあをき慄へに存在のあさきゆめみし炎熱の夜を

絶滅の危機に瀕してこの書架に収められゆく旅の蝶たち

筆擱きてなほものぐるひしづまらぬ暁烏《あけがらす》その声のみ聞こゆ

あをあをと揺るる夏の田　詩歌へのおもひ萎えつつ白鷺飛ばす

鳥類のこぞりて墜つる蒼空のふかみに風の鉱脈あらむ

うたひつつうたを棄つるか白昼に影ひとつなく咲く夏の花

熱風にさらす身にしてたましひの底ひに夏の花散りやまず

植ゑもせぬ百合ひとくきの咲きて枯るおろかきはまる詩論に傷み

かなしみに似て白き夏びやうしんを天使に抱かることもなく過ぐ

白昼の星のひかりにのみ開く扉《ドア》、天使住居街に夏こもるかな　浜田到

夏の最期のひかり浴びけむひさかたの天使住居街《ロス・アンジェルス》の浜田到も

夏草やうたを棄つればうたの墓　となりに白きうたびとの墓

抹消と帝政

Oui, c'est pour moi, pour moi, que je fleuris, déserte ! (Mallarmé, *Hérodiade*)

みづからを殺しえざりし日のをはり毒なき蛇のねむりしづけし

身のほろび感じつつあり水鏡なほ凍る夜の蛇とおもへば

こころにはみのものゆらぎ蛇の身を横たへて聴く予兆のなみに

棄つるべき歌こそあれと氷雪のむごき夜にかへりこむ鳥ども

蛇の身に産むべきはなしうたびとの燃ゆるこころを喪へるごと

帝政はかく（その砂糖菓子よりもなほ甘やかに）くづれゆく　雪は？

雪は？　水銀いろに羽根よどませてスワンは冥《くら》きうちかへりこむ

すみやかに死骸はこばれゆく（雪は？）空のあをきに寒さ増す日の

雪は？　雪は？　いかなる鳥も鱗粉をもたずただ脂さす羽のひとひら
仔をなさぬ蛇ぬらぬらと地のうろに夢なきねむり　雪は？　雪は？

身ひとつをほろぼして成る帝国のましろき雪をかためて積めば
いかに死なむうすく刻みし鉱石の断面に雪かくこまかくて

ほろび、ほろび　耳を澄まさば聴えなむ降りつむ雪のかそけき呪ひ

冬の夜のこころよりなほ冴えながらうたはならずて不眠と自罰

希死すらもおもふにならでとほくあをき雪原に咲く孤独の花よ

古びたるうたを消すうちこころとも身ともつかずに消えゆきたきを

朽ちてなほふるへる翅に雪はふるかくのごとくに死なむも夢か

無情とは冬か夜《よ》かさへえも知らで　雪は？　鴉のつねならぬ声

文反古を裂けばかなしき（雪は？　雪は？）うたうたひつつ焚かれゆくかも

月魄《つきしろ》の冴えよりもなほ匂やかに雪華咲け実をむすぶことなく

とぐろ巻く蛇にねむりは永からむ　かへりこむ日の春の帝政

落葉《らくえふ》をしづめてかなし鏡像におのが死をみて生きはじめたり

愛はみな拒め　誰《た》が手もふれあへぬ鉱石の身は地誌によこたふ

詩句消してのちにひろがる雪原のあしあとすらも風のかたみに

眠られず迎へし未明　呼気しろくこほりて鳥はうたを奪はる

鳥、蛇を閉ざしてなほも透きとほる鏡かいづみ穹《そら》をうつして

斬首もて果てなむ詩《うた》か呼吸器に無惨の薔薇は蔓をめぐらせ

みづへびの游《およ》ぎ愛《め》ぐしも英雄《ますらを》にあやめらるべきさだめ知りての

凍てつきて砕けにし鳥一羽あり羽搏きのみぞこほりのこれる

鉱脈か焰の舐めし金属かいづれえらばず蛇の背ぞ輝る

むらぎものこころ凍てつつたましひの領土にも降りやまざり　雪は？

詞華ならずただ氷雪の夜なるをしろたへの雪たれか穢さむ

みづからを赦しえざりし夜の涯のラムプに焼けて蝶か詩稿か

*

Bibliographie（集中に収めなかった作も含む）

「首長龍綺譚」一〇首『うた新聞』二〇一六年七月号

「瞑想録《レ・メディタシオン》」二〇首『短歌研究』二〇一六年八月号

「うたびとの墓」一四首『短歌』二〇一七年一月号

「全休符」七首『早稲田短歌』四六号（二〇一七年三月）

「アンチ・ノスタルジア」二九首『短歌』二〇一七年五月号

「内心の春」七首『歌壇』二〇一七年一二月号

「二十歳《はたち》より先は晩年」七首『短歌』二〇一八年一月号

「穢土に春」一〇首『俳句四季』二〇一八年三月号

「青の時代」五首『うた新聞』二〇一八年九月号

「或いはサロメと云ふ名前への抹消線」二〇首『Q短歌会』創刊号（二〇一八年一一月）

「結晶嗜癖《クリスタロフィリア》」七首『短歌』二〇一九年一月号

「永遠なるものの影」一五首『ねむらない樹』vol.2（二〇一九年二月）

「セルフ・デストラクティヴ・システム」一〇〇首『現代短歌』二〇一九年四月号

「やまぶきのしみづ」二〇首『短歌研究』二〇一九年八月号

「のちのこころの」一〇首『短歌』二〇一九年一〇月号
「建築の寓意」八首『歌壇』二〇二〇年六月号
「勝ち逃げの自殺」五首『うた新聞』二〇二〇年六月号
「抹消と帝政」三七首　書き下ろし
「鬱七首」七首『短歌』二〇二一年一月号
「墜落」七首『短歌往来』二〇二一年三月号
「敗残」一〇首『短歌』二〇二一年四月号
「きみに」七首『短歌』二〇二二年一月号
「駒よいいなけ」一〇首『短歌』二〇二二年六月号
「はじかみいを日和」五首『うた新聞』二〇二二年一二月号
「騙されて住む」七首『短歌』二〇二三年一月号

あとがき

偉そうに「墓碑銘」と謳った歌集を出してから七年の歳月が流れました。特に結社や同人誌などには所属していないので、商業誌などから依頼があるのに応じて作品を発表してはいましたが、二〇二〇年のCOVID-19パンデミック以降、満足のいく歌はほぼ詠めなくなってしまったようです。歌のわかれをするまでもなく、歌の神に見限られてしまったのでしょう。

パンデミック以前はいちおう自分のなかでルールを決めて歌を作っていました。能う限り文語を用いること、「われ」「わが」「吾」といった語を用いないこと、助詞の「が」を主格で用いないこと、内面の空虚と肉体の荒廃とを『試論』より洗練されたかたちで表現すること、など。ルールに反した歌および性に関する表現を含む歌はほぼすべてこの集からは落としました。

中井英夫が『黒衣の短歌史』に採録した「光の函」という吉井勇と釈迢空について触れた文章で、意味の追求から解放され、空虚ななかにただひたすら光を湛えただけの函のような歌を称揚し、また別の箇所でそうした歌の詠み手として浜田到を挙げていたことがこのような集を編む気持ちにさせたようなところがあります。

当初、unzeitgemäßer Barokchismusを標榜していたこともあり、集の題としては『baroque』を予定していたのですが、いろいろ熟慮の末、死の主題と密接に絡まるかたちで蝶の形象が多く見られる歌集となったことから、山川丙三郎訳のダンテ『神曲』中の言葉を採って『霊体の蝶』としました。仏訳などを参照するとこの語にあたるのはpapillon angéliqueで「天使の蝶」となるのですが、プリモ・レーヴィにダンテの同じ箇所から題を採った短篇集があるので（光文社古典新訳文庫『天使の蝶』所収）ここでは古い山川の訳に拠って「霊体の」を用いました。

世の「短歌ブーム」とはあまり縁のないところでほそぼそと歌を詠んで暮らしてきたわけですが、今後どうなるかは自分でもよくわかりません。この集を世に出すにあたってはエッセイ集『死にたいのに死ねないので本を読む』に続いて担当編集として付いてくださった草思社の渡邉大介さんをはじめ、装幀をお願いした水戸部功さんなど各氏のご尽力を賜りました。この場を借りて厚く御礼を申し上げます。

二〇二三年二月一日

吉田隼人

吉田隼人（よしだ はやと）
一九八九年、福島県生まれ。県立福島高校を経て、二〇一二年に早稲田大学文化構想学部表象・メディア論系卒業。早稲田大学大学院文学研究科フランス語フランス文学コースに進み、二〇一四年に修士課程修了、二〇二〇年に博士後期課程単位取得退学。高校時代より作歌を始め、二〇一三年に第五九回角川短歌賞、二〇一六年に第六〇回現代歌人協会賞をそれぞれ受賞。著書に歌集『忘却のための試論』（書肆侃侃房、二〇一五年刊）、『死にたいのに死ねないので本を読む』（草思社、二〇二一年刊）。連絡はysd8810@gmail.comまで。

霊体《れいたい》の蝶《ちょう》

二〇二三年三月六日　第一刷発行

著者　吉《よし》田《だ》隼《はや》人《と》
装幀者　水戸部 功
発行者　藤田 博
発行所　株式会社草思社
〒一六〇―〇〇二二　東京都新宿区新宿一―一〇―一
電話　営業〇三（四五八〇）七六七六
編集〇三（四五八〇）七六八〇

本文組版　株式会社アジュール
本文印刷　株式会社三陽社
付物印刷　株式会社平河工業社
製本所　加藤製本株式会社

ISBN978-4-7942-2643-3　Printed in Japan　検印省略

死にたいのに死ねないので本を読む

絶望するあなたのための読書案内

吉田隼人

「どす黒い絶望の大地に根を張って養分を吸うことでその上に初めて花咲いたであろう反現実の美学と、荒れ狂う人間世界の嵐をすべて虚無と観ずる醒めきった眼でその美学を精緻な言語芸術へと結晶させることで、周囲の荒廃しきった現実から完全に切り離されたところに――まるで虚空に伽藍を築くかのように――一個の反世界を構築した詩人・定家の孤独な後ろ姿は、当時のぼくに決定的な印象を残したと言っていい。」（本文より）

ホフマン、ボードレール、マラルメ、ニーチェ、ハイデガー、バタイユ、藤原定家、上田秋成、波多野精一、九鬼周造、塚本邦雄、三島由紀夫……。十六歳で自殺未遂を犯してから、文学書、思想書は、著者にとって唯一の心の拠り所であった。角川短歌賞・現代歌人協会賞受賞の歌人・研究者が、古今東西の名著のエッセンスを、読書時の記憶を回想するとともに紹介する。

定価　一六〇〇円（税別）

草思社